一生爱你

言为心声　诗为心志　　　　　　　　　**魏道金** 著

陕西*新华*出版

太白文艺出版社

图书在版编目（CIP）数据

一生爱你 / 魏道金著． -- 西安：太白文艺出版社，
2024. 8. -- ISBN 978-7-5513-2767-1

Ⅰ. I227

中国国家版本馆 CIP 数据核字第 202486E49Z 号

一生爱你

YISHENG AINI

作　　者	魏道金
责任编辑	汤　阳　杨钦一
封面设计	墨君笙传媒
版式设计	杨杨
出版发行	太白文艺出版社
经　　销	新华书店
印　　刷	廊坊市印艺阁数字科技有限公司
开　　本	787mm×1092mm　　1/32
字　　数	112 千字
印　　张	8.875
版　　次	2024 年 9 月第 1 版
印　　次	2024 年 9 月第 1 次印刷
书　　号	ISBN 978-7-5513-2767-1
定　　价	58.00 元

联系电话：029-81206800
出版社地址：西安市曲江新区登高路 1388 号（邮编：710061）
营销中心电话：029-87277748 029-87217872

目录
CONTENTS

[亲情·眷恋]

[情思 · 心语]

[人生·百味]

[哲思·敏悟]

亲情 · 眷恋

思念母亲

在那漆黑的夜里，

东北风裹着悲切的雨滴，

您回眸了五十九年的人世沧桑，

便悄然离去……

雨水敲打着路面，

轻轻地，仿佛您离去的脚步。

"娘向西南！"

大嫂让我如此叫喊，

雨水中，

我看见您的身影，

正在小院中犹豫，

而您临终前的那滴泪水，

使我明白，

您是多么不情愿抛下我们……

灯光中，

您低着头，

一副慈祥的面孔，

不停劳作的双手，

为我们编织着温暖和希望。

西北风吹白了您的头发，

吹皱了您的额头，

您却不停地编织，

直到生命的尽头……

娘，您在哪里？

是宇宙的光环将您隐匿，

还是大地怀抱的温暖，

使您静静地安息？

娘，您在哪里？

为什么徘徊在田间地头，

为什么不放下手中的活计，

为什么只在儿的梦里？

最后一缕秋风，

裹着初冬冰凉的雨滴，

敲打着无叶的孤枝，

娘，您在哪里？

来年，春风绿了大地，

那一刻，儿到哪里去找您？

父亲节的思念

雨不停地下，

转头望，

父亲在雨中。

风不停地刮，

转身瞅，

父亲在风中。

雷不停地打，

回眸看，

父亲在雷电之中。

您是大地，

挽着河流；

您是山脉，

扛着云海；

您是天空，

揣着日月。

寻根

——献给亲爱的父亲

六十年前一转眼，

天涯隔断两不见。

两不见，

苦思念，

古稀童年一循环，

梦里白发诉劫难。

诉劫难，

总相盼，

空想高堂一轮换。

昂首怒吼问苍天：

犯吾中原为哪番？

国破家亡遍地残，

爹娘何处天啊天……

天啊天，

魂梦牵，

生死两处苦思念。

苦思念，

空呼唤，

来生再觅一循环，

千年万载定相见……

中秋行

——赠兄长道圣

朝辞燕京晨雾寒，

晚赏楚汉秋月暖。

千里京沪一日还，

一日两团圆。

分手家兄形影单，

相聚老父容颜宽。

叹人间，

相见时难别亦难，

明月依然，

只身千万年。

东山不见西山见，

独领风骚宇宙间，

任苍生轮换，

笑世事绵延。

酒未干，

醉了杯中月，

对影两相怜。

人圆月不圆，

月圆人难全。

今古同叹，

谁能了断？

一生爱你

一梦十八年

——赠魏浩然生日

一梦十八年，

往事怎堪回首，

回首不少年，

星光闪闪，

日月轮换，

险处风光无限。

此后人生，

乘除加减，

精彩未到，

心已伤感。

一梦十八年，

往事怎堪回首，

回首已壮年，

笑看风霜，

乘风破浪，

怀里日月未残。

精彩人生，

道道门槛，

羽翼丰满，

直冲九天。

希望

——赠魏昭然生日

小时候，

总喜欢，

扑向原野。

望着满天飞舞的

蝴蝶、蜻蜓、柳絮，

张开稚嫩的双臂，

希望拥有整个原野，

留住原野上的花季。

调皮的双手，

轻轻地捏住

蝴蝶、蜻蜓、柳絮。

望着那透明的羽翼，

总以为自己，

留住了美丽，

并让它们在自己的眼前，

永远静止。

童稚的心，

无法满足

对美的渴望、好奇。

长大时，

才明白：

最香的花，

是稻花；

最美的水，

是汗水；

最美的诗，

是果实。

短暂的经历，

铸就坚强的双臂，

十几年的风雨，

让人懂得，

智慧和汗水，

是一对孪生兄弟。

只要和他们，

共同努力，

就能收获，

人生的神奇和美丽。

北上嘱兄弟

此去京城虑八千，
才疏全仗一身胆。
四十未圆创业梦，
不愿人生半壁残。
回首难辞驼背父，
抬脚愧对儿浩然。
犹将重负托兄弟，
正月飞雪雪正寒。

情思 · 心语

一生爱你

自从那一刻，

认识了你，

不论白天，

还是梦里，

灵魂和肉体，

每时每刻，

紧紧地追随你。

漫长思恋的痛苦中，

集中精神，

享受你的冷漠，

和漫不经心的抛弃。

你的微笑，

像彩色的雨，

却不对我赏赐……

在雾里，

只能看到你的发髻，

想象中，

总希望把你看个清晰。

我用心追随，

却无法缩短，

你我之间，

那段痴心的距离……

黎明尚未来时，

已经感受到，

你的光辉。

匆匆起床，

来到你身旁，

为了你，

那一声赞美，

一丝笑意，

我辛勤努力……

夕阳西去，

万籁俱寂，

我却了无睡意，

一声声深情地

呼唤你的名字。

你缓缓地走过来，

温柔地让我，

轻轻抱起。

只有此刻，

我才真正感到，

已经拥有了你，

但，却在梦里……

你偷偷地

离我而去，

从此杳无声息。

不知什么地方，

惹你生气。

为什么要如此地

惩罚我，

甚至不让我看到，

你温柔的发鬓。

我绝望地

大声呼喊：

"你在哪里？"

"我爱你！"

唯有泪水，

把眼睛浸湿……

十字路口，

我决心离你而去，

装出坚强的样子，

努力抹掉从前的记忆。

迷茫的心，

总以为会，

重新找到知己。

天南海北，

花天酒地，

滚滚红尘，

醉眼迷离。

灵魂疲惫，

心力交瘁，

突然间，

我终于明白，

我不能自欺。

重新回到十字街口，

高声呼唤你的名字。

"你在哪里？"

也许你已听见，

也许相隔更远，

也许，此生只能看到你温柔的发鬓。

但是——

我要告诉你：

我，一生爱你……

相思

闪烁的阳光，
映出往日的回忆；
一丝微凉的轻风，
吹拂着缕缕思绪。
曾经的泥沼里，
你灿烂的面孔，
宛若出水的芙蓉；
轻捷的身影，
仿佛水面上掠过的蜻蜓。
穿梭在记忆的长河里，
依偎在爱的伤痕边，
用你疲惫的身躯，
抚慰那绵绵的伤痛，
永不离去。

爱无悔

曾经是那样地害怕，

如今又急切地期待，

明明白白又稀里糊涂。

受伤的心谁来安慰？

看那五月的玫瑰，

曾几何时，

宛如九月流水，

仰天长叹，

扪心问谁？

水流东去何曾回？

……

小潭难积深水，

冰易碎。

有心诉说，

对谁？

夜望苍穹只盼鬼。

勿讳，

用心去爱心不悔，

只此一回。

让面孔微笑，

心流血泪；

爱不枯萎，

此生便不会空白。

我们从此分手

没有河岸，

没有鸿沟，

我们却要在这儿分手。

轻风吹拂着面庞，

长发散落在身后……

一对嬉戏的鸟儿，

打破原野的沉寂，

将爱慕互相倾诉。

一只突然远去，

再也没有回头……

虽然我们十分痴情，

虽然我们十分真诚，

但我们却要从此分手……

表白

在我心头，

无法诉说的爱恋，

积压在心中多年。

茫茫的白昼中，

无边的忧郁痛苦，

如影随形。

淡淡的月光下，

玫瑰色的面孔，

仿佛在生活中，

又宛如在梦里出现，

飘落在遥远中的遥远。

一切都让人无法分辨，

可曾相识、相见、相依恋……

在我心头，

无法诉说的爱恋，

已经积压多年，

空荡荡的心里，

期待最圣洁的情感，

做出最后的审判。

淡淡的月光下，

灵魂像心，

心像肉体一样孤单。

寒冷的身影，

冰冻在遥远中的遥远。

沿着地平线，

向四周无尽地蔓延，

画出一个个冰冷的圆。

瞬间，

又化作一缕青烟……

无法倾诉

一份真情，

总是无法表露。

内心深处，

压抑已久的爱慕，

变成深深的痛楚。

是无缘还是相见太晚，

冥冥之中，

一声叹息，

而相见已成过去……

一份真情，

总是无法倾诉，

内心深处，

压抑已久的爱慕，

因无法倾诉而万分痛楚。

是无缘还是缺乏勇气，

冥冥之中，

一声叹息，

只是相见已成过去……

情意绵绵

情绵绵，

意绵绵，

千山万水隔不断。

谁人望眼欲穿，

恨死中间万重山。

情绵绵，

意绵绵，

爱至无穷一线连。

共谁花好月圆，

牵肠挂肚人世间。

美丽的迟到

一步之遥，

还是慢了一点。

留下美丽的空间，

让人翘首以盼。

不知是美丽的思念，

还是美丽的遗憾。

看似不远，

其实无缘。

一趟快车，

渐行渐远，

徒留伤感，

让人孤单地感叹。

不知是动人的期盼，

还是伤人的遗憾。

相距一点，

却遗憾永远。

失落

一首没有结尾的歌，

一条没有浪花的河，

那只受伤的天鹅，

还是飞奔异乡，

留给我一路错过……

一条曲折不通的路，

一座独木断裂的桥，

一群不会歌唱的云雀。

没有缘分的生活，

留下我一路坎坷……

激动

飞快地上升，

剧烈地失重。

一段期待已久的感情，

在意外的时间里，

超出想象的范畴，

化为真实的梦……

突然的喜悦，

意外的疼痛。

一段期待已久的憧憬。

在沉重漆黑的夜里，

超出想象的范畴，

化为一片光明……

像似飞腾，

宛如不动。

一个期待已久的面孔，

在沉重的记忆中，

慢慢变得陌生。

没有任何征兆的空间里，

万花丛中，她露出意想不到的笑容……

挫折

弯曲的河，

悲壮的歌。

平坦大道上的一段坎坷，

静静水面上的一层细波。

惊悚的噩梦，

糊涂的休歇。

爱情暂时远离生活，

生活与爱情短暂地分隔。

美丽的欠缺，

诱人的失落。

希望的路标出点差错。

理想翅膀上的羽毛被风吹折。

激情的驿站，

人生的怪坡。

平凡绿叶上长出的花朵，

挫折是一首动人的歌。

这时候

这时候，

一个信息，

震响了我的手机。

它告诉我，

此时的你，

正生活在病痛里，

我仿佛看到，

你带病的身体……

多年以后，

你告诉自己，

当初的选择，

太过轻易。

你把它编成信息，

传进我的手机，

最后传来几声叹息。

看看那几声叹息，

我的心痛楚不已……

这时候，

你告诉自己，

要和现在的生活分离。

于是，又把它编成信息，

传进我的手机，

我已不能自已。

幸福和痛苦，

同时溢出了泪滴。

如何回答你？

那时候，

我能把一切给予。

今天，此时，

我所能给予的，

比你现在的生活，

更加破碎支离……

年轻的爱，容易舍弃，

多年以后终于知道珍惜。

慢慢地靠近时，

仿佛爱又在远离。

留下的，

是一段又一段伤心

却又如此美好的记忆……

秦岭情

我在秦岭北，

君住秦岭南。

若非秦岭故，

一步到眼前。

鸟儿

我愿是只小鸟，

飞近你身旁。

倾听你的歌声，

为你而歌唱，

吮吸你醉人的芳香。

我愿是只小鸟，

飞到你的身旁。

陪你去散步，

伴你而歌唱，

尽情地享受你的温情和芬芳。

美好的希望，

醉人的阳光，

走在漫长的大道上，

为你尽情地歌唱……

献给女儿的诗

我没有一个女儿，

至少，在昨天以前；

我希望有一个女儿，

她真的来到了眼前。

虽然无法看见，

却能够用心交谈。

她叫我一声"爸爸"，

很甜；

我喊她一声"女儿"，

心甘。

声音很近，

又很远，

好像在眼前，

又宛若在天边。

她一声"爸爸"甜到心尖，

我一声"女儿"喊出期盼。

女儿在那边，

爸爸在这边。

一个徐州的晴，

一个武汉的蓝。

一江秋水，

情意绵绵，

流到天边，

流到永远。

江水清淡，

海水苦咸，

咸淡培育出鲜艳，

鲜艳绽放出灿烂。

她说：

爸爸，

我出生江里，

是大海的女儿。

我说：

女儿，

风浪在为你伴奏，

艰难是你的舞伴，

浪花里风光无限……

（谨将此诗献给亲爱的女儿——仕丛杰）

怎样告诉你

你的面孔，
不停地出现在
我的梦里。
怎样告诉你，
梦见你的人
是如何的惊喜。

你在梦里，
飞来飞去，
飘逸的秀发，
散发出玫瑰的香气。
流动的眼神，
宛如纯净的湖水，
被秋风轻轻地撩起。
凝脂般的玉手，

托着羞涩的下巴，

嘴角流露几分淘气。

快乐时眉飞色舞，

郁闷时，

眼角挂着伤心的泪滴。

不论快乐，还是失意，

从不去掩饰。

每一次分离，

泪水总是把孤枕浸湿，

分不清梦境还是现实。

怎么告诉你，

谁若能让我在梦里，

天天看到你——

我愿一生，

做你的奴隶……

无意

千里送秋风，

晴捎九天云。

无意雨绵绵，

一滴一伤痕。

风转心头空，

回云几番问。

同时两地雨，

难舍梦中人。

请不要生气

很容易爱上你，

也很容易忘记。

请不要生气，

你已被锁进了记忆。

常常打开，

大脑中的笔记，

轻轻地翻阅，

细细地回忆，

飘着清香的你，

风一样吹进梦里，

萦绕在心底……

很容易爱上你，

也很容易忘记。

请不要生气，

你的爱，

深深地印在我心底，

每时每刻都无比珍惜。

所有的经历，

都无法放弃，

那些和你一起的记忆。

每当孤独的时候，

你就是唯一……

请不要生气，

真的不能忘记……

想你

想不起什么时候认识，
但经常想起你。
工作的间隙，
你也会走进我的心里，
莞尔一笑，
又悄然离去。

在我忙碌的生活里，
你的身影，
随着岁月，
有时模糊，
有时清晰。

点上一支烟，
你飘进烟雾里，

萦绕在我的脑际。

闭上眼睛，

你便来到我的梦里。

当我的心灵受到创伤，

你温柔的手指，

轻轻地抚平我的伤痛，

送给我期待的温存与慰藉。

敞开你的胸怀

满面红光的你，

轻轻地告诉我：

很想爱！

看着纷繁的世界，

却不知道真爱，

将从何处来。

多少次，站在爱的路口，

徘徊等待。

黎明的希望，

落入黄昏的暮霭。

天上没有一丝云彩，

欢快的脸色却暗淡下来。

相信，纷繁的世界，

会有真心的爱。

当你冷透的心不再期待，

当你在犹豫时紧锁眉头，

当你裹紧外衣，

并系上飘落的绸带，

为什么不敞开你的胸怀，

让爱轻轻地走进来！

吵架的感觉

没有说出思念，

却说出一大堆的埋怨，

讨厌。

无尽的期待，

换来一张冷脸，

心寒。

没有一句可心的话，

初露的笑容像闪电，

太短。

找不到一丝想要的感觉，

无边的话说个没完，

翻脸。

故意让对方难堪，

争吵中感受心意的冷暖，

思念。

我很在乎你

很想告诉你，

不论什么时候，

不论在哪里，

不论你理不理，

我都很在乎，

在乎与你的友谊。

很想告诉你，

因为怕你消失，

心里不停地呼唤你，

让你不要远离，

即使远去，

也要深深地印在，

我的生命里。

我要告诉你，

不是有意冒犯，

不是惹你生气。

你的友谊，

已深深藏在心底，

在我的生命里，

不能没有你。

为了思念

为了思念，

你把距离，

拉得越来越远。

电话信息网络，

所有的通信，

全部中断。

你的冷漠，

风干了我的思念，

一丝温暖的春风，

裹挟着晚冬的严寒。

颤抖的心，

冲着夜空尽情地呼唤，

每时每刻，

我都在等候你的留言！

心囚

压抑不住那个念头，

轻轻地告诉你，

我爱你！

迅速关掉视频，

不敢直视你的眼睛。

只能偷偷地体会，

内心那份羞涩。

我是否动了真情？

该死！

为什么问这个问题？

我自言自语，

却把文字发了出去。

唉！一个天大的错误！

心里的话，

只能放在心里，

无意的透露，

仿佛失身街头。

难言的羞愧，

把激动的心，

碾成半死不活的囚！

午夜的思念

在一个幽静的夜晚，

几张飞扬的照片，

让内心涌起难言的思念，

把幽静的夜，

装扮得阳光灿烂。

于是，夜色慢慢融入了照片，

飞荡着阳光海浪沙滩，

还有春天的温暖，

伴着心头甜甜的思念……

过度地担心丢失，

记忆比目光更加贪婪。

于是，在这沉沉的夜晚，

一颗心慢慢进入照片，

飞荡在阳光海浪沙滩……

睁开双眼，

一切宛如梦幻，

慌忙去寻找，

却只找到记忆中的思念，

和锁进记忆的，

阳光海浪沙滩……

忘记也是爱

忘记需要胸怀，

像品茶一样，

把痛苦揉碎，

轻轻地，慢慢地，

一点一点下坠，

细细品味……

思念和期待，

变成痛心的无奈，

让希望的心，

轻轻地，慢慢地，

一点一点绝望下来。

那个念头，

若记住，

就是最大的伤害。

偷偷地把思念，

像收藏珍爱的照片一样，

深深地埋藏起来，

不要轻易地打开……

远走的思念

流逝的时间，

无法控制。

辽阔的空间，

让揪心的思念，

越走越远。

长久的期盼，

发出压抑的呼唤。

没有期待的回应，

让咽喉发干，

难以释放，

哽咽时的思念。

我知道，无论走到哪里，

无论走出多远，

思念如阳光，

照耀着沙滩，

留在内心深处，

越来越灿烂……

空思念

青灯初点，

飞蛾偎长帘。

窗外霄汉，

一任群星闪。

银河两岸，

无波远。

谁敢斗胆，

只有那流星，

纵身焚烧，

心里寒，

暗饮孤单。

小窗无语，

笑红颜，

空思念，

几分真实，

几多虚幻。

问雨

这里天已晴，
那边雨如何？
有心无牵挂，
雨唱思念歌。
水从天上来，
情往人间落。
丝丝心语诉，
问候一条河。

梦中蜻蜓

就像一只蜻蜓，

你偶尔地飞过来，

在我生活的清波里，

轻轻地一点，

让我怦然心动。

那些浮动的涟漪，

尚未到达心的边缘，

便开始慢慢地平静。

记忆中却留下，

你那无法抹去的

柔弱动人的身影。

让点滴的欣喜，

变成一江水的颤动……

情系养马岛

痴情养马岛，

醉死梦中人。

读破旧情书，

一句一温存。

流目飘细眉，

悄语心上人。

管他车何往，

独自情更深。

火车上见一少女，手持一沓书信，含情脉脉、翻来覆去地读，不时闪露出幸福的笑容，目光里荡漾着纯净的爱意。每一次细眉飞动，都能让人感受到她那细腻、纯真、美好的爱情。因见其所持的信封上写有"养马岛"字样，有感而发，写成此诗，送给天下有情人。

爱的笑脸

快要入梦的瞬间，
你来到了眼前。
温柔的笑容，
纯净的眼神，
梦未入，
人已焕然。

静静地看，
回味你的美，
把我的人生改变。
没有你的到来，
一生怎会如此灿烂，
又如此震撼。

快要拉下梦的眼帘，

你的身影，

轻轻地飞到身边。

快乐的眼神，

饱满的幸福，

梦未入，

浮想联翩。

静静地看，

回味我的勇敢，

把彼此的人生改变……

人生·百味

美丽人生

有人告诉我，

相逢是美丽，

分手是惋惜。

也有人告诉我，

相逢是惋惜，

分手才美丽。

仔细想一想，

很有道理。

有人告诉我，

一起是美丽，

分别是悲剧；

也有人告诉我，

一起是悲剧，

分别才美丽。

仔细想一想，

很有哲理。

人生的好多事情，

让你无法躲避。

悲欢离合，

朝朝夕夕，

有时悲伤，

有时欢喜。

痛苦和思念的交织，

让人生变得如此美丽。

两个自己

教室里，
经常被老师叫起：
你的脑子去了哪里？
抬起迷惑的眼睛，
我一时想不起。

是啊，
去了哪里？
我不断问自己。
刚才明明在教室，
但是，肯定和谁一起走了出去。
到底和谁？
总是想不起。

老师提的问题，

让我一头雾水，

同学们恶作剧地

笑我不能集中精力。

我对着自己生气，

咒骂自己该死。

长大后，

面对困境和难题，

许多人冲我叫嚷：

生活多么困难，

人生多么孤寂！

我却浑然不知。

此时方才明白，

原来有两个自己，

另一个比孪生还像兄弟。

挫折时，

总会得到他的鼓励。

成绩面前飘飘然时，

他便会大声呵斥。

每一次出现错误，

总是他第一个向我提醒。

人生最亲的兄弟，

最好的启蒙老师，

原来是另一个自己。

我想爱

当我来到这个世界，

发出第一声哭叫，

母亲解开上衣，

掏出红薯培育的松软的乳袋，

滑润的乳头，

喷出生命的乳汁。

母亲说：

"第一次吃奶，

你笑出声来。"

我用笑声告诉母亲，

我想爱 ——

爱那甘甜的乳汁，

爱那温暖的胸怀，

爱那柔软的乳袋，

爱那充满生命的世界。

第一次走下地来，

摇晃着身躯，

东倒西歪、寸步难迈。

大人们伸出的双手，

近在咫尺，

又宛若天外。

好奇心推动着双腿，

突然天旋地转，

一头栽下地来。

父亲说：

"第一次摔跤，

你鬼一样哭叫，

又在哭叫声中爬了起来。"

我用哭声告诉父亲：

我想爱 ——

爱那坚硬的大地，

爱那远方的山脉。

爱那流淌的溪水，

爱那充满鸟语花香的世界。

第一次走进教室，

恐慌地打开书本，

似懂非懂地听着老师讲解。

为了吸引老师的目光，

我不停地摇晃脑袋，

并把同桌的书撕坏。

老师用严厉的目光把我责怪，

无情的教棍，

狠狠地吻了一下脑袋。

老师说：

"你上学时真坏，

不过坏中也有几分可爱。"

我用内疚和惭愧告诉老师：

我想爱——

爱那天书似的字母，

爱那汉字的方块，

爱那阿拉伯的数字，

爱这充满书香的世界。

第一次走进社会，

激情满怀，

对着镜子打扮，

总想吸引漂亮的女孩。

喜欢她流动的目光，

还有那美丽的脸蛋。

生活中的诸多挫折，

让人感到有点无奈，

人世间的诸多诱惑，

让人不知不觉间开始变坏。

为了金钱，

偶尔良心出卖，

与别人一起埋怨，

这世界变得太快。

猛然一觉醒来，

生活说：

"你浑身沾满了尘埃，

如何向子孙交代？"

我用心告诉生活：

我想爱 ——

爱那天空的白云，

爱那宇宙的日月星辰，

爱那生活的五彩缤纷，

爱这充满清风的世界……

贺母校三十五周年校庆

曾经茫如雾，

黑板知横竖，

短笔指长路。

识不够，

天地厚，

常悔蹉跎岁月误。

当年学子今何处？

已成参天树。

恍然已醒悟，

往事回与顾，

时光留不住。

似水流，

花依旧，

人生没有回头路。

当年恩师今何处？

两鬓披白露。

烦心

落步匆匆误上舱，
下水忙忙错选桨。
四十波澜无正路，
一身汗臭为哪桩。
回首两岸杨柳瘦，
风扫残舟照斜阳。
世间纷扰心意懒，
遍寻桃源无处藏。

我的一生因你而精彩

第一次遇见你，

看到你目光中的期待，

期待背后的关怀，

关怀里流露的爱，

还有，还有一切的一切都在爱之外……

总想告诉你，

我的一生将因你而精彩。

人生的旅程中，

无尽的坎坷伴随着，

你的期待与关怀，

受伤的灵魂和肉体，

总能得到你轻柔的抚爱，

还有，还有一切的一切都在爱之外……

总想告诉你，

我的一生注定因你而精彩。

漫漫的征途上，

人性的脆弱，

让我们相互依赖。

多少私欲制造的仇恨，

让我们忘记曾经的祝福与关怀，

并冷眼相待。

内心深处，

还有你我的坏，

却忘记你我曾经的可爱。

如今泯然一笑，

仇恨一一化解。

一杯香浓的热酒，

淡化多少怨，

送去多少爱，

还有，还有一切的一切都在爱之外……

总想告诉你，

我的一生已经因你而精彩！

心灵的脆弱

轻轻地拉上被子，

闭上疲惫的眼睛，

想美美地睡上一觉。

没有销魂的梦，

却飘来无尽的烦恼。

裹住沾满汗味的枕巾，

扯紧潮湿的被褥，

泪水中独自消沉。

我的老爸，

我的亲娘，

心灵的脆弱有谁知道⋯⋯

拖着弯曲的身子，

挂着轻松的微笑，

压住满腹的烦恼，

装出男人的高傲。

抚摸一下爱妻，

轻轻地把儿子拥抱，

裹紧自己陈旧的外套，

泪水中独自消沉。

我的老婆，

我的儿呀，

心灵的脆弱有谁知道……

坎坷的人生路，

无穷无尽的烦恼，

困难挤满了怀抱。

人生的诸多困境，

宛如一桌丰盛的佳肴，

纵声一笑，

幸福在泪水中浸泡，

泪水中独自消沉。

我的苍天，

我的厚土，

心灵的脆弱有谁知道……

生命的一刹那

一刹那，

生命仿佛要逃离心灵的家。

一阵战栗，

一阵痛苦的挣扎，

压力和恐惧，

慢慢融入，

融入黄昏时快乐的晚霞。

瞬间的懦弱，

变成另一种自大。

无奈地叹息一声，

似乎再也无所牵挂，

一个声音说：

"为什么要结束生命？"

一刹那，

散开的瞳孔，

浓缩一生的懦弱，

懦弱中闪烁着人生最后的牵挂。

生命对生命说：

"我渴望，

并非害怕，

我要让黎明的天空，

布满黄昏的晚霞，

让懦弱比勇敢更伟大……"

恐惧多像一杯美酒，

浇灌着奄奄一息的害怕。

绝望在最后的时刻，

向着生命做出垂死挣扎——

生命的一刹那，

终于把残害自己的手放下，

我要回家！

生活的激情

生活的激情，

存在于每一分钟。

一分欢笑，

几分烦恼。

偶尔的欢乐，

不时的骄傲，

还有打发不尽的无聊。

总在寂寞时不断地骚扰，

伴着痛苦美美睡上一觉，

还有梦里的欢笑……

生活的激情，

存在于每一分钟。

一分乏味，

几分枯燥，

偶尔的心跳，

不时的烦躁，

还有无穷无尽的自我嘲笑。

总在高兴时送来警告，

伴着兴奋一路逍遥，

还有睡梦中的惊叫……

六十年代出生的人

六十年代出生的人，

共有一个年轻朴实，

贫穷却美丽的母亲。

整日拖着疲惫的身躯，

拉扯着孩子一大群。

高兴时阳光灿烂，

愤怒时依然动人……

孩子们一个个进了校门，

在玩耍中长大成人。

母亲的眼角早早爬上皱纹，

银发染白了双鬓，

岁月暗淡了眼神……

六十年代出生的人，

兄弟姐妹一大群，

年龄相差一两岁，

样子长得相差无几。

黑黢黢的身子扭打在一起，

盼年盼节盼亲戚，

通穿一件衣服，

一床被子一家人，

缺衣少食也精神。

不知不觉出了校门，

哥哥参军，

妹妹当了工人，

天涯各处雁纷纷，

一封家书泪沾巾……

六十年代出生的人，

穷伙伴一群又一群，

玩弄简单的游戏，

光着屁股做人。

睡梦中当上"阎王"，

在黑夜里捉迷藏。

六十年代出生的人，

共和国第二代，

年轻的掌门人。

沐浴千年古国的阳光，

神迹化为星辰。

艰苦的岁月，

造就坚强的身心。

集体里创造自我，

自我中绽放集体精神。

六十年代出生的人，

古老国度长出的一片森林……

十字路口

多年前的梦想，

已无人提起。

总以为走错了路，

迷失了方向，

在无人的道路上犹豫彷徨。

十字路口，

一颗纷乱的心，

遭遇无边无际的迷茫。

迷茫如森林，

深处有缕缕阳光，

阳光洒落的地方，

鲜花伴着蝴蝶，

还有无数的鸟儿在歌唱……

多年前的梦想，

在岁月中迷失了方向，

东奔西跑浑身是伤。

依附着河水流向远方。

一颗纷乱的心，

总想停泊在静静的港湾，

休息后再度起航。

茫茫的大海上，

遇到汹涌的波浪，

波浪里闪烁着金色的阳光。

阳光洒落的地方，

浪花伴着鱼儿，

还有无数的海鸥在歌唱……

流失

曾经的美丽，

淡淡的记忆，

在岁月的长河里，

慢慢流失，

变为一道几何公式，

留下长长的轨迹……

曾经的美丽，

苦苦地寻觅，

在茫茫人海里，

慢慢流失，

变为一道代数公式，

在生活中深深隐匿……

雨愁

细雨知人愁，

点滴敲心头。

欲理心头事，

理出千万愁。

月愁西楼

愁上心头上西楼，

西楼明月伴人愁。

月照西楼已中秋，

西楼明月两白头。

一生爱你

四季人生

南来北往走一回，

四季人生常相催。

才见园内百花逝，

雪中映出一剪梅。

未敢苟且暗偷生，

颈上红颜已自危。

问君人生能几回，

莫到白发再后悔。

人生杂感
——赠馨雨先生

半归人间半归天，

肉体不惑心童年。

不知人生几重浪，

童心一笑喜扬帆。

难忘 2006

不知是没有过够，

还是没有过通透，

一曲《我的未来不是梦》，

引来满脸泪珠，

和无限的思绪。

二十余年的打拼，

处女般的果实，

稀疏挂在枝头，

一个比一个瘦。

闻不到诱人的果香，

只感到一个比一个酸涩。

难忘 2006，

一首动人的旋律，

伴着平淡的脚步，

从春走到秋。

漫天飞舞的雪花，

轻轻地告诉我，

春天就在寒冷之后！

（谨将此诗献给那些像我一样平凡而努力拼搏，追求美好生活的善良的人们。另外感谢娣蓉妹送来的《我的未来不是梦》。）

灯笼

黑暗中飘动一盏灯笼，

还有移动的身影，

红红的灯笼背后，

仿佛看见绯红的面孔。

说不清，

哪个是灯笼；

看不清，

哪个是面孔。

但是，

那盏灯一直走到心中，

点亮我人生的道路，

送来我人生的感动。

（谨将此诗献给西南铝业的朋友）

倾听自己的脚步声

小时候，

总喜欢跟着父母，

像个跟屁虫，

在父母的身后，

倾听父母的脚步声。

一路走来，

汗水流到脚跟，

挂满尘土的脚步声，

压出心头的沉重。

长大后，

有意无意之中，

喜欢倾听自己的脚步声，

比父母的轻松，

还是更沉重。

无雨的路，

十分泥泞，

万花丛里，

阵阵芬芳的风，

汗水裹着衣背，

走出人生的痛！

清点人生

清点人生，

恰如秋来几分冷，

针扎苦，

刀割痛，

一丝欢乐在其中。

问君几多收获？

秤上果实还轻。

回望天边仍有梦，

心已静，

无悔人生苦和痛！

求善

山山相依人相连，
离乡离土难离善。
不怕天上五雷吼，
只畏人间一声喊。

民工兄弟

你像一片落叶，

盘旋在城市的十字街头，

身在何处？

家在何处？

一番思乡的痛楚，

慢慢爬上心头……

你像一棵橡胶树，

躲在花园的深处，

身上挂满了汗珠。

一年流到两头，

流出了洁白，

晒得黑黝黝……

你像一只蜘蛛，

辛勤在角落的深处，

每日忙忙碌碌，

描绘出美丽的图案，

谁人分享你的孤独……

你像一只蜜蜂，

不停地在花丛中飞舞。

歌声伴随辛苦。

远方的儿女，

天边的父母，

满腹的话儿只有梦里倾诉……

漆黑的夜，我的天

很小的时候，

就讨厌黑暗。

夜幕降临时，

总是提心吊胆。

没有办法而出门时，

便昂头向着天，

看着月亮，

数着星星。

这时，

黑暗偷偷抓住双脚，

轻松地将我摔倒，

潮水般的黑暗，

浸湿了童年的梦幻。

爬起拔腿就跑，

却无法逃脱，

黑暗的纠缠。

只有躲进母亲的怀抱，

才能得到安全感……

人生充满了疲倦，

才想起静静的夜晚，

虽有恼人的黑暗，

但也有睡梦的酣然。

看着月亮，

数着星星，

银河泛着波澜。

常常看见，

一颗颗流星，

像飞奔的鱼儿一样，

消失在银河的边缘。

牛郎织女隔河相望，

泪光闪烁的双眼，

诉说着爱恋和期盼……

轻轻地打了一个哈欠，

疲倦拉下了眼帘。

白天的希望，

在睡梦中飘洒，

疲惫的心，

在黑夜的守候下，

慢慢还原。

一觉醒来，

天还没有亮，

但已不是夜晚。

寂静的夜，

是人生新的起点。

燃烧的梦想，

伴着静静的夜，

把希望的火把点燃。

于是，黑夜变成了白天，

白天在黑夜中蔓延，

漆黑的夜里，

我仿佛看到人生的永远，

在这里，

一切梦想都会实现。

漆黑的夜，

我的天……

感觉的差错

刚刚走来，

又匆匆走过，

同一地点，

不一样的感觉。

一个很对，

一个不错。

泪水未干，

又开怀一笑。

同一件事，

两种感觉，

一个伤悲，

一个欢乐。

感受顺利，

又分享坎坷，

同一季节，

两种感觉，

一边收获，

一边失落。

仿佛梦里，

又像生活，

同一片蓝天，

不一样的感觉，

一半努力，

一半蹉跎。

诗的没落

从不刻意写诗，

只是把生活和感受

一点点采集。

诗是漂流生活中的花香。

人人都曾闻到，

很少有人留意。

那股淡淡的清香，

从人们的鼻孔下飘过，

转眼消失，

不会留下任何痕迹。

刻意写诗的人，

作践了自己，

辱没了诗。

诗的没落，

与诗人有关。

四时·风物

阳光的迟疑

你在迟疑，

怀疑自己的魅力，

怀疑自己的选择。

黎明时，

你带着羞涩的红晕，

把美好的希望，

撒向人间。

霎时，人间红得像你，

像你一样美丽……

你爬上高山，

穿过丛林，

把温暖带给大地。

你魔法般的威力，

给人间带来无限生机，

你欣喜若狂，

像火一样在水上跳跃，

舞出优美动人的舞姿。

你不再迟疑，

划破人间的沉寂。

为此，

你忘却了疲惫，

年年岁岁，

周而复始……

春色

悄然东风来，
园内百花开。
张臂抱春色，
又入春色怀。

黄昏过阴山

西去斜阳照阴山，
千峰万壑生紫烟。
桃花园里人几户，
风卷黄沙亦烂漫。

咏海

抬头一片黑，

极目四海茫。

苍天孤目盛，

余晖浪里慌。

别京城

——看雪中玫瑰有感

雪里玫瑰一点红，
纵是有情雪无情。
至死昂首向天空，
无畏风雪笑更浓。

初冬

初遇寒风万木伤，

溪边垂柳几丝凉。

霜打百花残如水，

引颈深嗅蜡梅香。

中秋十七夜

八千银河去无踪，
一轮孤月独自行。
空照原野故国梦，
日出西天残如星。

一生爱你

雨过天未晴

雨过天未晴，
雷声又隆隆。
风卷乌云怒，
闪电送彩虹。
残雀悲残柳，
日锁云隙中。
雨打翠柳盖，
乱絮黄昏浓。

冬天的花果山

花果山上无花果，

寒风吹过黄叶多。

大圣借得九天雪，

玉女扬臂花几朵。

红瀑青竹藏幽径，

细帘瘦猴闹天国。

紫烟飞荡斜阳逝，

白雪红绸半山坡。

一生爱你

饮月

独饮楼台月半空，
昂首九天失群星。
举杯相邀两寂寞，
低头静对三寸影。
残壁明光满霄汉，
欲吞青杯一身冷。
八千云宫路漫漫，
饮罢明月饮豪情。

咏荷

一池圆叶翠，
满塘芙蓉醉。
入地生三节，
出水笑百秽。

冬夜·东北行

夜无尽，

雪蒙蒙，

月正明，

银光洒下雪不融。

树无影，

独披冷，

长河如镜冰点灯。

轨铮铮，

载长龙，

觅仙境，

双眼抬起梦未醒。

向空中，

云无踪，

银河无波锁寒星。

晚秋

夜半细雨斜打窗，
孤蝉残蛙独自伤。
落地黄叶梦中去，
风裁绿衣人换装。

吟秋

秋风一阵凉，
落叶几片黄。
天高云淡远，
枯草待寒霜。

饮雪

小杯独酌满天雪，

劲风轻梳几婆娑。

冰浆琼液心欲舞，

寒梅一点春已歌。

晚冬

逝去的冬，

化为一场冷梦，

曾经的寒冷，

像一阵走失的风，

留下寒冷的心情，

和难舍的心痛。

多少迷人的霜雪，

永远印在记忆之中……

逝去的冬，

化作一场迟来的春梦，

曾经的冰冷，

带着记忆的旋风，

留下一段难以忘怀的温情，

和难舍的心痛。

没有冬日的寒冷，

哪有春天的温情……

逝去的冬，

化作几片薄冰，

带着一丝残冷，

流进春天的梦，

让春水慢慢消融。

疲惫的晚冬，

孕育着诱人的春梦，

分娩着活力和生命……

细雨云龙湖

长桥细雨云龙雾，
拱身飞绸水上舞。
花动湖色色流露，
雨打杨柳柳滴珠。
白鹭小桥烟波翠，
落花逐波泛香舟。
凤凰羽栖兴化寺，
西风故人放鹤楼。

小楼秋风

小楼昨夜又秋风，
枯叶飞旋庭院中。
风打纱窗小屋静，
不时传来沙沙声。

雨·梅

雨刚来，

梅在犹豫，

仿佛在等待，

等到飞雪再来。

雪未来，

梅不再等待，

慢慢绽开，

寒冷的心，

涌出滴滴泪珠，

化为透明的洁白。

闹元宵·雪·灯

灯照皑雪雪照灯，

风灯飞雪两相拥。

灯醉嫦娥舞长袖，

雪痴花灯露深情。

眼含白雪一滴泪，

腰缠青灯九丈明。

漫漫长夜夜漫漫，

一灯初照万雪莹。

一生爱你

芦苇

瞧那小样儿！

风来一阵飘扬，

水过随波荡漾，

无风无波空惆怅，

恰似你我乱心肠。

中空嫩节，

自赏孤芳。

满头乱絮三春暖，

难吐馨香。

唯有秋风秋霜至，

一身枯萎见刚强。

梦中月

明月照秋梦，

梦里明月行。

无风影自静，

初眠天宫中。

秋梦似春梦，

一梦醉三更。

举目再寻月，

四海已空空。

秋伤（一）

夜半秋风落叶忙，
细雨未及人自伤。
暗向明月邀春色，
恰似落花欲断肠。

秋伤（二）

含露秋花心意凉，
艳丽殆尽又见霜。
不争梅花寒中秀，
只求来秋再度香。

一生爱你

干枯的美

削尽浮叶迎苦霜，
裂开老肤身向阳。
静等北风吹胡哨，
根扎冻土待春光。

秦岭

岭北四处霾，
岭南百花开。
骊山帝王泣，
汉中春如海。

一生爱你

大美秦岭（一）

黑虎垭上观景台，

千山万山入云海。

雨簇王母西天去，

云涌南海奉如来。

大美秦岭（二）

万世一秦岭，

横竖有奇峰。

朱雀云深处，

太白光明顶。

一生爱你

秦岭与霾

霾中秦岭迎面来，
昏昏然然正悲哀。
曾经傲岸今何在，
坠落人间披尘埃。

无形秦岭

大到已无形，
细看还有岭。
跌落深涧里，
仍是人间峰。

一生爱你

石门栈道

万千奇峰一石门，
开山开水开行人。
南去巴蜀若平川，
回望栈道似流云。

斗气

隔空斗气为几何，
只因爱汝太执着。
此生若无这份缘，
彼此浮云已错过。

一生爱你

微山湖记

微山湖上波荡漾，
常忆兄弟情义长。
一湖美景饮不尽，
酒伴歌声坠斜阳。
回首已去三五载，
空留琵琶无人赏。
清风细波待君来，
水漫轻舟云飞扬。

在旅途·赠赵兄

查济西递韵依依，

情人谷里水碧碧。

慕名千里寻白鹭，

白鹭岛上一空池。

林中百鸟相对啼，

无奈岸边行人稀。

醉翁亭中人清醒，

醒来怎若在醉里。

一生爱你

醉翁亭

醉翁亭里人自醒，
醒来原是一醉翁。
劝君更尽一杯酒，
酒里酒外山水中。

白鹭岛

白鹭岛上呼白鹭，
群鹭飞入林深处。
已是黄昏酒醉时，
犹思不见小白鹭。

一生爱你

云山恋

山依云裳云依山，
云山相拥万千年。
山喜白云多变化，
云恋高山静无边。

黄山情人谷

乱石龙虎吟，

奔腾万千音。

日月清光照，

何处有情人？

查济游

山抱云绕一查济，
古桥静卧小河里。
清溪曲径第一笔，
顿悟人生进古寺。

雪乡行

平安夜里雪香飘，

一天寒星任逍遥。

炕上八仙把酒论，

野风篝火群山绕。

自古关东多枭雄，

多少豪杰竞折腰。

冰冻银河默无语，

入夜雪乡静悄悄。

一生爱你

甘南行

西行千里去格物，
至善至朴在甘肃。
求得天心无所欲，
真山真水真面目。

天边寻土

欲寻净土度余生，

东到尽头雾更浓。

一阵北风一阵雨，

雨伴落叶早知冬。

先师独居水帘洞，

乱石蹦出孙悟空。

何须他乡觅净土，

滚滚红尘仙境中。

　　11月7日，阴历十月初三，时逢立冬。与挚友思恬、井新、朝星、庆迎有约，在花果山寻一片净土，品茗休闲，今终得成行。

　　出行之时，天暖地暖，风暖云暖，一片暖意；到了海边，天茫地茫，水茫心茫，四处茫然；北风忽至，天寒地寒，风寒雨寒，寒意袭人。风雨中，结伴游历花果山，别有一番风味。花果山上，风骤雨疾雾浓气寒，群猴相邀，一行人独霸此山。兴致盎然，别了人间，此种感觉，似仙。晚间，喝了1573，猛然间，想起吴承恩，妙笔水帘，取经西天，经查阅，正是1573年。

风雨初冬之夜

酒高夜短，

北风一夜吹，

寒夜还暖。

落向人间的叶，

飞上天宫的雁，

融入泥土，

回归家园。

一个随风而舞，

一个展翅九天，

一个地里安息，

一个迎风斗寒。

那片叶，

最终化作一抔土，

等待着春天。

那只雁，

飞到了遥远的天边，

期待着来年。

春三月，淑娴回国，同学喜聚。途径济南、沧州、杭州、绍兴。聊东聊西，天南地北，儒释道，茶与酒，时与事，古与今，天与地，畅所欲言，无所不及。赋诗二首，亦难表心意。

绍兴行，三个月亮（一）

一股清泉水，荡漾满池春。

似暖抱着冷，催醒梦中人。

辗转又坐下，抬头对星吟。

天天如此夜，覆卮知灵运。

绍兴行，三个月亮（二）

覆卮山幽思灵运，

流云飞鸿听远音。

杨陈萧王结伴来，

群星灿烂照空林。

一路佛学穷思辨，

家国真情韬光阴。

处处池塘映竹柳，

黄花粉桃遍地春。

山重水复似仙境，

柳暗花明洗此心。

劈柴院

四个小伙伴，
穷聊劈柴院。
白酒当白水，
畅谈今世缘。
黄昏到子夜，
漫漫皆盎然。
一醒三个醉，
飘飘似神仙。

慢时光

懒散的太阳，

睡梦中，不经意，

洒满了极地的光。

慵懒的光，

漫不经心的奔跑，

跑出了无边的梦想，

跑出了一段时光。

是什么吸引着我？

是谁把我丈量？

我是谁？

我要去何方？

那里是无尽的轮回，

还是迷人的天堂？

黑暗中，

翘首以望……

蓝蜻蜓（一）

杂草丛中，
借着温暖的太阳，
褪去大地的衣裳。
露出漫天的浅浅蓝光，
开始了童年。

天生小巧玲珑，
却有一双宽大的翅膀。
总想飞得更高，
不知不觉，无缘无故，
总是受伤……

很久很久之后才发现，
草丛是我的家，
河岸是家的墙。

我的空间，

我的自由，

在草丛里，

在水面上。

波浪里有我自由的身影，

波浪里有我蓝蓝的天空。

一生爱你

蓝蜻蜓（二）

梦中的蓝蜻蜓，

多年未见，

你的身影……

池塘环绕的老家，

周边一片藕荷。

春天到来的时候，

第一朵小荷，

微微露出水面。

你那轻盈的身躯，

便站立在，

小荷的尖头。

从春到夏到冷冷的秋，

一年又一年。

陪伴着我，

从一个屁孩儿，

到一个学子。

穿着西装，

豪情万丈地

悄然离开。

从农村到城市，

每当我把自己，

弄得疲惫不堪，

你就会飞到

我的心田。

就像当初，

飞到荷尖上面。

梦醒时分，

却已寻不见你。

是你把我遗忘，

还是我弄丢了你？

梦中的蓝蜻蜓，

你去了哪里？

你的身影，

偶尔出现，

是不是要告诉我，

那点蓝，

是我无法回去的

从前……

风来的方向

世上，
本来没有什么风，
只因气流太强。

天地之间，
本来就没有什么方向，
只因为人类的恐慌，
害怕迷茫。

东西南北中，
定了风向，
人却更加迷茫。
迷茫在故里，
迷茫在山水之间，
迷茫在世上……

不论什么风，

什么方向，

顿悟前，

总是无尽的迷茫。

永远说不清，

风来的方向……

意欲何往

大沙河边，

有无量的沙，

沙滩上有无量的苹果树。

春天来时，

苹果树上开出，

各色各样的无量花，

无量花化成无量果。

秋天来了，

苹果熟了，

果农笑呵呵。

路人甲感叹说：

"老先生辛苦啦！"

辛勤的付出换来喜人的收成

果农说："非也，

树是地里长的，

花是春天开的，

果是秋天结的，

一切都是自然而然。

我只是一个闲人。"

路人甲不解，问道：

"那你在这里干吗呢？"

果农说："我是看门的，

一边防贼①，

一边防着偷吃禁果②。"

---

① 贼，心之贼也。阳明先生说："破山中贼易，破心中贼难"。

② 偷吃禁果，心外之欲。

巧遇

天上的风，

卷着瑟瑟的云，

冷冷的雨滴，

砸向秋天的树。

坚韧而浓艳的落叶，

死死地护着，

纤细的路。

铺满大地的金黄，

把晚秋当作春天，

轻柔呵护。

沭河的水，

不停地拍打，

多情的岸，

清澈明亮而深远。

波光粼粼中，

传来厚重的韵律，

一个诗人，

孤独的歌者，

出现在漫长的

河岸线边。

一声惊喜的呐喊，

晚秋孵化出的初冬，

以及眼前的一切，

笑了……

赤壁·怀古

抬头赤壁，

低头赤壁，

岁月千年水中洗。

仲谋、周瑜何处？

唯有千帆竞东西，

美人英雄俱往矣，

渔夫网中，

捕尽多少兴衰事。

左也赤壁，

右也赤壁，

千军万马水中息。

孔明、刘备何处？

唯有千山低头泣，

泪满长江哭白帝。

一生爱你

水手舵下，

滚滚波浪忆往昔。

千年赤壁，

万古赤壁，

落下繁星水中逝。

曹营、旌旗何处？

唯有长空行云急，

大江东去话往昔。

游子举杯，

笑饮杯中干戈息。

云中赤壁，

雾中赤壁，

多少英雄折断笔。

故国、疆土何处？

唯有长江东流去，

千古风流几出戏。

文人墨客，

空纳万境应至此。

问沧桑

十里长街铺画廊,
八面门神诉沧桑。
颐和园深淌神韵,
昆明湖浅泛波浪。
故宫瓦破帝王梦,
护城河静照红墙。
天坛祭断王孙路,
园明壁残铭国殇。
六朝古都今安在,
唯见小巷塔臂长。
飞来车流细马路,
涌出人潮挤破窗。
流光溢彩无昼夜,
平地高楼掩旧伤。
红裙绿袍歌漫漫,
奔驰宝马心茫茫。

万贯家财逞英豪，

不学无术说文章。

五千年来史可鉴，

扫六合一梦未长。

斩断白蛇兴汉业，

贞观天宝绘大唐。

清明一卷上河图，

弯弓射雕开大疆。

大明不明长城长，

清朝难清绝帝王。

抚今思昔问昙花，

缘何代代一时昌？

端午

个个米粽投下河，
条条龙舟竞汨罗。
屈将肉体寻正义，
原是人间难求索。
无意留下端午祭，
有情千古离骚歌。
漫漫长路长漫漫，
诗魂一缕正气歌。

一生爱你

明月行

大雾依地生，

明月雾海行。

千年一日照，

沧海人无踪。

流尽黄河泪，

照遍秦家冢；

长城影中残，

盛唐一短梦。

卷起千层浪，

送来万里风。

仰头望明月，

明月几时明。

残光故国泣，

闻得刀枪声。

明月依旧在，

往事已成空。

望得儿时月，

仍似昨日明。

前人先吾去，

冥冥后来中。

莫问来世事，

回头看今生。

一生爱你

回味

三千秦越似故里，

万里长城一笪篱。

问君东南西北事，

分分合合即历史。

云水 · 禅心

人与物（一）

吾行万物前，

物醒吾正眠。

相依两不见，

息息却相关。

人与物（二）

物语吾不知，

乃笑万物痴。

一物一智慧，

人物共一曲。

一生爱你

人与物（三）

举头望天地，

四海皆其子。

物来又物去，

人生尘一粒。

人与物（四）

万物知四季，

息息总相依。

无须人间语，

个个守秩序。

一生爱你

人与物（五）

一物一太极，

大道自然里。

阴阳无定界，

有无本一体。

人与物（六）

物物皆知和，

轻风四处歌。

人间多巧智，

百变得失多。

一生爱你

人与物（七）

生来即抱朴，

抱朴直至枯。

人生欲无限，

老来终究无。

人与物（八）

儿时人人朴，

长大处处无。

不知何所医，

还吾赤子初？

人与物（九）

知物为物苦，

吾苦物可知？

物尽成材日，

人生在何时？

夜半听雨

夜半醒来洞天声，
天声原在风雨中。
风住雨歇夜已空，
此处无声胜有声。

问天

天天依天不知天，
天来天去命依然。
格人格己格无物，
空对万物心茫然。

天命

四十八岁始读易，

天命之年入太极。

余生纵有寸光阴，

得此大道何所惜。

一生爱你

夜声

万千世界万千声，

远近高低各不同。

此声初起彼声落，

阴阳细微奏和声。

无题

渴读圣贤书，

莫让心荒芜。

参悟孤独时，

正心在旅途。

梦中人生

梦中闻得天籁声，

原是群蛙展豪情。

忽地坠入梦境里，

梦里梦外皆人生。

性感的春天

春来万物情自现，
絮飞鸟鸣皆性感。
塬上一曲大合唱，
处处喷出生命泉。

晨思

漫步晨雾中，

四处闻鸟鸣。

天明地在醒，

地醒人还梦。

梦又不似梦，

尽在自然中。

生命的永恒

——赠思恬兄

浩瀚的宇宙，

无垠的星空，

我是谁？

是发光的星，

还是暗淡的物质？

也许，什么都不是，

只是流星飞过时

飘落的尘埃。

虽然渺小，

依然是

你的组成部分。

随你运动，

伴你安息，

一起轮回，

永不消失。

你是我的全部，

我是你的粒子……

光阴

"一寸光阴一寸金，
寸金难买寸光阴。"
珍惜生命的人，
这样告诉我。

我知道这样说的好处，
可以把无法描述的时间，
加以量化。
又可以把生命和时间对等，
进一步具象化。
然后把时间、生命、黄金，
进行价值交易。
突出生命的价值和
不可交换的意义。

可真的是这样吗？

如果你是宇宙呢？
如果你感知到自己，
就是宇宙呢？
那么，
光阴又有什么意义？
那时，
光阴有没有价值呢？

那时的光阴，
如果被感知到了，
便永恒地消失，
消失在宇宙的角落里……

暮色（一）

天际间分出一条线，

如若站得

足够高远，

就看得见一边光明，

一边开始暗淡。

那群鸟，

扇动着黄昏，

急切地回到家园。

另一边，

一群同样的鸟，

飞出巢穴，

迎着晨曦，

不停地呼唤……

一生爱你

同一种鸟，

一群在梦里，

无尽地思念，

无穷地缠绵，

魂牵梦绕。

另一群在蓝天里，

不停地飞翔，

不停地呼唤。

暮色和黎明，

一线相连。

从更高处看，

无法分辨。

那暮色的边，

就是晨曦的缘……

暮色（二）

暮色中，

太阳迅速地沉落下去，

繁星升起。

此时，猛然看到宇宙

原本的颜色，

并在繁星深处，

看到了自己。

一片尘埃中的

颗粒，

一个永恒的

存在。

相互缠绕的

光子，

一生爱你

不生不灭，

不垢不净，

不增不减，

永不消失在，

宇宙的怀抱里……

夜听

夜坐听，

此时无声胜有声，

几人在梦中？

无言星空。

动在静，

静在动，

何处无动静？

天不值夜，

地欺明，

天地两懵懂。

谁知天高地厚？

乾坤已苍老，

人间正年轻。

残风轻卷嫦娥袖，

心动，

仰天问：

何人在呼唤？

心声！

哲思 · 敏悟

黄昏的地平线

黄昏的地平线，

淡淡的，

是平原，

绵延的，

是高山，

平原拥抱着高山，

高山依偎着平原。

点点灯火，

是高山平原正在燃烧的情感……

黄昏的地平线，

平平的，

是水面，

起伏的

是波澜，

海水成就着波澜，

波澜让大海震撼。

点点灯火，

指引着迷茫中的航线……

黄昏的地平线，

细细的

是平淡；

弯曲的

是苦难，

平淡依偎着苦难，

苦难拥抱着平淡。

点点灯火，

折射出人生的光点……

朋友

千古常叹人孤寂，

一生难求一知己。

同得双月天不易，

人间处处可交臂。

酒肉香飘有兄弟，

有权有势众人依。

树倒猢狲一片去，

不若岁月两无欺。

第一次望"朋"生畏，两个人走到一起容易，两个"月亮"走到一起何其难也。故而古人长叹人生难得一知己。然而，两个"月亮"无法走到一起，两个人的岁月却可以重叠。这也许是古人造"朋"字的另一层深意，前者为不可能，后者为可能，二者合在一起为不容易。

无叶树

无叶树，

遇到一双无情的冷手，

脱去浑身的绿。

娇嫩的皮肤，

裹着一身傲骨，

纵然犹豫，

仍然抬起头颅，

迎着严冬而立。

没有寒冷的"呵护"，

哪有成熟的身躯……

无叶树，

伴着凄凉和干枯，

脚踏凛冽的冻土，

诉说自己的孤独和痛苦。

无尽的冰雪里，

为了来年温暖的春，

笔直地站在北风中，

让寒冷在风中痛哭。

没有冬天的"呵护"，

哪有伟岸的身躯……

无叶树，

送走了冬天，

又披上嫩嫩的绿，

向春天伸出温暖的手，

奉献出多情的枝头，

还有那无尽的温柔。

站在深情的故土，

向生命欢呼，

没有你的呵护，

哪有高大的身躯……

哲 思 · 敏 悟

小小卫生间

小小卫生间，

一片自由的天地，

镜中赤裸的容颜，

几分羞涩，

几分放浪，

又有几分大胆。

张张丑陋的嘴，

看看扭曲的脸。

审视无人知晓的坏，

垂下羞愧的眼帘……

小小卫生间，

挂满了文明，

流淌着黑暗。

镜中赤裸的容颜，

几分虚伪，

几分放肆，

又有几分贪婪。

摇摇无奈的头，

伸伸调皮的舌。

看着无人知晓的缺点，

闭上羞愧的眼帘……

文明的思辨

太阳冉冉升起，

天空一片灿烂，

也有点滴的黑暗。

在灿烂的边缘，

殷红的鲜血，

慢慢地流进黑暗，

黑暗开始灿烂，

像朝霞一样鲜艳。

于是，

黑暗融入灿烂，

灿烂融入了黑暗。

此时，谁又能分清，

是灿烂的黑暗，

还是黑暗的灿烂？

人类走到今天，

伴随着灾难。

一路星光灿烂。

灿烂的边缘，

也有点滴的黑暗。

文明的家园，

毁灭无数的生灵，

破坏了美丽的自然，

于是，

凶残写进了文明，

文明隐藏着凶残。

无数的生灵，

美丽的自然，

惨遭涂炭，

沦为文明的铺垫。

此时，谁又能分清，

是凶残的文明，

还是文明的凶残？

远古的尼罗河畔，

东方的唐汉，

西方的不列颠，

梦里的法兰西，

马头琴下的草原，

夭折的苏联。

一个又一个光环，

一幅又一幅美丽的画卷，

流淌着黑暗与凶残。

鲜血染红了画卷，

画卷因鲜血而鲜艳。

一声感慨，

几声长叹，

点滴文明，

总是伴随那么多遗憾。

此时，谁又能分清，

是遗憾的文明，

还是文明的遗憾……

电梯

每一次上去，

总是那么拥挤，

如果人少，

或许会有几分顾忌。

经常回头观望，

或者抬头向上，

一个人塞满整个电梯，

上不来，

下不去，

心里着急。

生活如此，

人生如此，

方便而又恼人的电梯，

仿佛诉说着一个真谛：

运动的不是自己，

别人进来，

挤了自己，

心中一阵烦腻；

别人出去，

心中窃喜，

眼前一片清晰。

可谁又明白个中道理？

走进来，

身后空出一片天地；

走出去，

让出一片空隙。

不要埋怨生活无情，

人世冷漠，

首先要摆正自己。

要么进来，

要么出去，

不要占在那里。

思想与痛苦

一点一滴的雨露，

经过漫长的凝聚，

终于化为生命的渴望，

滋润着万物。

让人间不再干枯，

让生命尽情欢呼，

无人知晓凝聚的痛苦……

幼小的生命，

要经过漫长的孕育，

生命的延续，

源自妊娠的痛苦。

希望的延续，

源自分娩的痛楚。

无尽的延续，

伴随着无尽的失去……

人类的点滴进步，

离不开思想的引领。

思想的形成，

源自认知的积淀。

认知的升华，

源自人类的经历和感受，

改变人类行为，

增强人类记忆的是痛苦。

忏悔

一半单纯，

一半无知。

不知不觉中，

结识了虚伪，

无知地高兴，

单纯地陶醉。

一半无聊，

一半幼稚。

慌乱之中，

结识了错误的道理。

无聊的欢喜，

幼稚的神气。

一半吸引，

一半痴迷。

迷茫之中，

结识了虚假的美丽。

诱人的享乐，

虚假的神怡。

回过头来，

旅程已经过去，

一个又一个错误，

衍生出一个又一个后悔。

面对着苍天，

我对自己说：

"我要忏悔……"

流星之美

千年的凝聚，

一刻的闪耀，

赞美瞬间的燃烧。

没有童年的歌谣，

没有世纪的苍老。

漫长的旅程，

只为发光的那一秒。

毕生的孤独，

只待将长空划破。

远离母体，

刺破人们的记忆。

画出一道清晰的轨迹。

一瞬间，

完成人生的壮举。

而后重新开始，

一次又一次，

漫长的凝聚……

回流

向前奔跑，

又折回头，

水的期待，

水的犹豫，

水的凝聚。

抑或是冰的空虚，

一股强大的吸引力，

直到水的深处，

无法向前，

也无法回头……

向前奔跑，

又折回头，

风的期待，

风的犹豫，

风的凝聚。

抑或是风的超度，

一股强大的吸引力，

直到风的深处，

无法前进，

也无法回头……

向前奔跑，

又折回首，

心的期待，

心的犹豫，

心的凝聚。

抑或是心的痛楚，

一股强大的吸引力，

直到心灵深处，

无法前进，

也无法回头……

一根刺

我喜欢吃鱼，

但却怕刺。

每一次吃鱼时，

总有几回，

喉咙被卡住。

心里恼火憋气，

不吃，

舍不得美味，

吃下去经常后悔。

长叹一声：

鱼何时无刺？

反思人类，

何事何人无刺？

一人一事一根刺。

总得食，

莫生畏，

既要学会吃肉，

又要善于吐刺。

无奈

感觉不算坏，

滋味有点怪，

该走的没走，

希望的不来，

看见的很远，

眼前的不爱，

人生真的很无奈。

心爱的人爱人，

相爱的人分开，

萝卜伴着白菜，

你有你的喜欢，

他有他的至爱，

好人好得可恶，

坏人坏得可爱，

岁月不停地流失，

生命总把光阴出卖。

焦急不如等待，

苦苦地等待，

等来无尽的无奈。

笑里藏着悲痛，

痛苦伴着开怀，

一生追求的，

有几人珍爱？

罪恶在高尚门前耍赖，

高尚在罪恶的边缘徘徊，

罪恶者青云，

高尚者身败。

哪有平坦的高山，

哪有无浪的大海……

三岔路

人生如漫步，
漫步三岔路，
红绿灯下有些犹豫，
犹豫人生向何处去。

阳光升起在东方一处，
三岔路口分几许。
恼人的阳光照过来，
难解人生机遇。

黄灯初闪红灯熄，
绿灯一亮黄灯去。
人生多少三岔路，
三岔路前多少犹豫。

一个路口一次机遇，

错误的选择，

将向着错误的方向驶去。

新的方向，

又出现另一条三岔路，

再回首，

人生还有几许……

野

到处都住满人类，

孤独的文明，

让人类愈显乏味。

高高的水泥柱上，

挂着反光的玻璃，

涂满五颜六色，

想冒充失去的森林。

精巧的防盗门，

厚厚的墙壁。

人类编织了牢笼，

却把自己锁在笼内。

梦中来到，

没有人类的世界，

原来如此美丽。

四处荡漾着自由的气息，

没有了法律，

只有无处不在的法则。

文明在此惭愧，

道德偷偷流泪。

这儿只有，

原始和野性，

人类可以嘲笑，

嘲笑这里的愚昧，

但，却是人类已经失去，

无法复原的美……

浮动的烦躁

丛林深处，

一切静悄悄，

闯进一个猎人，

飞来一只受伤的鸟。

百禽闻到了血腥，

群兽嗅到了火药。

该飞的飞走，

该跑的跑掉。

余下的鸟兽不知道，

是该驱逐猎人，

还是营救受伤的鸟，

抑或把受伤的鸟吃掉。

危机充满诱惑，

生活脱离轨道，

前面太多人生目标，

每个目标却充满诱惑。

当努力变成痛苦的等待，

希望在汗水中缥缈，

何时出人头地？

梦想越积越多，

生命越来越少，

一个要一鸣惊人，

一个想超越时髦。

激情到处燃烧，

激情烧错了目标，

汗水浇错了树苗，

低头满面泪水，

昂首对空狂笑。

老的太老，

新的太少，

富人挥霍钞票，

见面钟情一聊，

转身云散烟消。

你去四海淘金，

他上金光大道，

一个要享尽天下快乐，

一个嫌天下财富太少。

痛感人生美妙，

生命太多潦草。

好人在哪儿

风吹着雪花，
雾结出晶莹的树挂。
结冰的脚下，
透心的滑。
张开双臂去拥抱，
一个冰冷的世界，
好人在哪儿？
风卷着黄沙，
尘埃闪动着光华，
柔软的脚下，
一串辛酸的脚印。
张开双臂去拥抱，
一个迷茫的世界，
好人在哪儿？

精炼过去

偶然的机会，

也许是命运的安排，

做一个熔炼工人，

来到火红的炉前，

去净化铝水。

八百度的高温，

常常把衣服鞋子，

还有柔嫩的皮肤烧伤。

打渣、除气、覆盖，

每一道工序稍有疏忽，

生命和产品，

便会遭遇灭顶之灾。

小小的工艺流程，

一点不敢懈怠。

是啊，这小小的流程，

不就是人生的过去吗？

出来的产品，

就是人生的将来。

于是，我终于明白，

人生不能懈怠，

只有精炼过去，

才能铸造未来！

（谨将此诗献给所有的熔炼工人兄弟）

一生爱你

最可怕的动物

世界真的很奇妙，
好多事物符合人的思考，
惟妙惟肖，
好多事物违反人的思考，
一样惟妙惟肖。

奇丑无比，
而又凶狠吓人的动物，
十分胆小；
貌不惊人的，
却凶悍残暴；
身无筋骨体态弱小的，
猛然出现，
也会让人类一声尖叫。

谁的手如此灵巧，

谁的智慧如此高妙？

制造出如此多的，

相生相克的平衡，

保护自然的生态链条。

你怕我，

我怕你，

怕个没完没了。

人类借助自然之力，

从链条中挣脱，

挥动着自然的链条，

根据自己的喜好，

随意将链条断掉。

断开的链条，

像飞奔的镖，

每一支都射向人类的大脑。

自然的法则仿佛在诉说：

不消灭人类，

自然将会毁掉。

人类的末日到了。

最可怕的不是动物，

而是野蛮的人。

心灵的空间

曾经无数次，
面对大海问自己，
内心深处，
能装下多少问题？

去爱谁，
去恨谁，
所有的恼怒，
能维持多久？
所有的伤害，
是否像波浪一样，
不停地向前延续？

哪些该死死地记住，
哪些该远远地扔掉。

为什么有时想得很开，

碰到事情又放不下来？

而所有的得失，

羞辱和恼怒，

会随着时间的流逝，

慢慢离去。

心灵的空间，

到底有多大？

为什么这一切，

必须经历，

漫长的懊悔和反思？

无数次沉重的呼唤，

总希望得到，

报复的快感，

没有一次不问自己，

心灵的空间到底有多大？

病态

一种急切的心情，

仿佛丢失灵魂的生命，

刹那间，

一个在飘摇中飘摇，

一个沉醉梦里难醒。

轻的无限上升，

重的无限下坠。

轻的悬在空中，

重的走到生命的最痛。

重笑轻太过轻飘，

轻嘲重太过沉重。

一样的病情，

疯得执着，

执着地疯！

一条小路

一条小路，
飘落在村后。
小时候跟着娘走，
干了，湿了，
坑了，洼了，泥泞了，
从初冬走到深秋。

多年以后，
一个人常常
从这头走到那头。
长在路边的杨树，
伴着野风，
舞得格外辛苦。
小了，大了，
高了，粗了，枯萎了，

一代又一代，

一样的梦里来回重复。

无限的葱郁，

难言的凄楚……

淌在脚下的河流，

一张多年不变的面孔，

张开贪婪的大口。

涨了，落了，

清了，浑了，干涸了，

一波又一波，

不停地向前流，

不时地折回头，

一样不堪回首……

一条小路，

来回地走。

抱着多情的树，

蹚着冷漠的河流。

静静地看，

仔细地想，

树已不是昨日的树，

水亦不是昨日的水，

裹着春的花香，

披着落叶的忧愁，

似乎毫无尽头。

不知岁月是否如水，

看不清流着还是没流……

言有未及

（后记）

　　《一生爱你》即将出版，在庆幸自己的"长短句"能够以真面目示人的同时，内心亦有些许忐忑与不安。尤其是在诗歌创作颇为繁荣的当下，这部诗集来得是不是时候，或者说文本内容是否会因与时代潮流有着某种"脱节"而令读者产生排斥心理，的确令笔者难以把握。但不论如何，这部凝聚着我心血的集子在我看来还是有其价值的：它不仅是对自己一段时间以来文学实践的总结与回顾，更早已融入自己生活的日常，在某种意义上，它甚至是我生命的一部分。

　　事实上，作为一个文学爱好者，我最初的着力点大都放在小说方面，至于诗歌的写作，纯属偶然。想来，颇有些像当年自己作为农民种地时的那种情形。其时，每每在完成自家地里的活计后，我总喜欢在田边沟渠地头，或者家前屋后种上几棵树，久而久之，一些树苗在风吹雨打下终成大材，而另外一些树苗虽未成材却也成为乡村优美的景致。结论不言自明：成材的多属小说，成景的便是自己"认知"里的诗歌部分了。犹记得那些难忘的时刻，面对一些突然闪现的感悟或情绪，以及那些长短不一的句子时，我的内心突然变得敏感而震惊——或愉悦之情、收获之喜；或相聚之欢、重逢之乐；或离别之痛、思念之苦……正是如此，三十多年的记录，因有这些小确幸，同学情，兄弟义，离别泪，家国情，爱与恨等等，让我在"诗生活"里一次次得以新生，一次次得以梦圆。当然，也不乏将生活弄成一地鸡毛时的尴尬。

关于诗歌，在我的理解中便是"言为心声""诗为心志"。由此，从对真实的生活感悟出发，从国家民族大义的情怀出发，从乡间的一棵树、一株草乃至一粒尘埃的角度出发，都可以朝着"诗与远方"的境界大步迈过去。也因此，无须太多的顾虑，也无须玩弄任何写作上的技巧，写我之所遇，写我之所思，写我之真情，写我之家乡愁绪，写我之爱恨情仇……直抒胸臆，直抵心灵。这样的写作，或许有些不合时宜，但基于自己的性情以及对我所认知的"诗学"的坚守与坚持，也只有如此了。

况且有文本在，于内心深处万分真诚地欢迎诸诗家、专家、评论家给予批评指正！

毫无疑问，本书的出版得到了各方面人士的大力支持。一是思恬兄，在他的一再支持鼓励下，让我有信心将一些从未示人的诗作收录到此前的《道金自选集》以及这一部文集中。朝星、庆迎两位挚友更是为了这部诗集的出版出谋划策、殚精竭虑，让诗集的内容尽可能展现全貌，表达自我，呈现精华。还有徐州市作家协会副主席李凌女士，亲力亲为，穿针引线，为诗集的出版付出了极大的努力。在此，一并深深感谢！

最后，还要提到一个人——"神铸"的综合办主任陶丹丹女士。正是因为有她无数个日日夜夜的加班加点，把最原始的手稿转变成电子版，才使得《一生爱你》有了最初的面貌。

可以说，因为上述这些兄弟姐妹的无私帮助，与发自心底的精神合奏，才使得《一生爱你》这部诗集有了新春第一个响亮的音符……

唠唠叨叨，言有未及。

是为记！